KB260424

애기별꽃

애기별꽃
전성재 시집

초판 인쇄 | 2009년 09월 25일
초판 발행 | 2009년 09월 30일

지은이 | 전성재
펴낸이 | 신현운
펴는곳 | 연인M&B
디자인 | 이희정
기 획 | 여인화
등 록 | 2000년 3월 7일 제2-3037호
주 소 | 143-874 서울특별시 광진구 자양동 (680-25호(2층)
전 화 | (02)455-3987 팩스 | (02)3437-5975
홈주소 | www.yeoninmb.co.kr
이메일 | yeonin7@hanmail.net

값 7,000원

ⓒ 전성재 2009 Printed in Korea

ISBN 978-89-6253-034-6 03810

애기별꽃

전성재 시집

맑은 영혼으로
하이얗게 편 네 조각

진 선 미 그리고 백(白)

생긋 웃는 모습이
너무나 아름다워

눈방울 속에
감추고 싶어라

| 서문 |

—시 작업을 무척이나 사랑합니다.

　—재능 주신 부모님을 무척이나 사랑합니다.

　—가족과 형제, 지인들을 무척이나 사랑합니다.

　—하늘 나라 계신 사랑하는 아버지께
　첫 시집을 바칩니다.

　—행복합니다.
　그리고 모두 모두 무척 사랑합니다.

2008년 9월
전성재

| 차례 |

애기별꽃

왜 이리 빠를까

형—,
세월이 왜 이리 빠르답니까?
우리가 언제 이 나이가 되었답니까?
한 것 없이 세월만 죽였나 봐요
맘은 아직 잘나가는 "비(가수이름)"인데
젊음을 껑충 뛰어넘었나 봐요
벌써 아버지 나이가 되었으니—

저기 쇼—룸 안의 티—브이에선
"청춘을 돌려다오"라고 외치네요
근데 있잖우—,
안경을 써도 가끔 눈앞이 침침해집디다
글쎄, 고개를 들어야 글씨가 잘 보인다는 거
아닙니까. 나—원—참!

매일 보는 아들이 어느 날 주민등록증
하러 간다내요
구구단 가르쳤던 애가 대학을 간답니다. 허—허!
이래도 되는 겁니까?

그동안 형은 뭐했수?
길게 한숨을 내뿜으며 피식 웃는다
“세월이 그런가 봐”

“세월의 속도는 세대의 속도라는구만”
“40대는 40킬로미터—”
“70대는 70킬로미터—”

허—참—!
이럴 수가—!

외가

경상북도 김천시 금릉군 지례면 관덕리 할람
이곳은 나의 외가댁이 있는 곳이다
어린 시절이 숨쉬던 곳이다

마을 뒤로는 병풍처럼 산이 둘러 서 있고
수백 년 마을지기 느티나무 앞엔
논과 밭 그리고 개울물이 졸졸 흐르고
보리 내음 묻어나는 후덕한 김해 김씨
집성촌이 옹기종기 모여 있는 곳이다

나 어릴 적 방학 되면 책가방 둘러메고
덜컹덜컹 버스 타고 한나절
외할머니, 외삼촌, 외숙모가 반겨주는 곳이다
언제나 가슴 설레는 그곳, 관덕리 할람부락

여름이면 마실 아이들과 낫으로 나무 켜고
한 가득 지게 이며 힘자랑 하고,
소 꼴 메며 이산 저산 뒹굴고 해 지는 줄 모르던 그곳

겨울이면 동네 사랑방 화로에 둘러 앉아 고구마 구
워 먹던 그곳
토끼, 꿩, 노루 잡으러 눈덮인 산야 헤매도 춥지 않
던 그곳
물레방앗간 고드름 따먹던 그곳

자연에서 나, 자연으로 돌아가는
푸근한 내 마음의 고향

어른이 되어서도 잊지 못하는 할람
지금도 그곳엔 외가가 있다

할람—
오늘도 그립다.

입술

마음을 빌려
육신을 통한 마지막 요리사

여과 장치 고장이 나면
울리기도—
싸우기도—
험악하게 상처주는 요물

평심(平心)을 찾으면
웃음도—
즐거움도—
복잡한 세상사 풀어주는
행복의 마술사.

청포도

설 익은 듯
달콤한 열매
다복도 하구나

알알이 영근
푸짐한 삶
알차기도 하여라

실타래 사연
결실 담아

톡—
톡—
세상 문 터지는구나.

박새 우는 마음
―그대 그리움

기나긴 시간 당신을 그립니다
세월마저 산허리 돌아올 땐
온몸이 시려옵니다

오늘도 문밖엔
그대 그림자만 서성이고

동구 밖 살구나무 위 박새는
언제나처럼 머리 조아리며
당신이 보고파 울먹입니다

그대여,
살아 있다는 건
삶이 어디론가 가는 것이며
죽음이 내게로 다가온다는 것입니다

목 빠지게 세월을 삼키고
기다림에 책장을 넘겨 봐도
할 일 없는 내일은 오건만

그대 그림자는
내 마음에 아픔만 주고
오늘도 세월을 삭힙니다.

카푸치노의 추억

어느 날―

초콜릿빛 사랑이 빈 잔을 채운다

두근거리는 마음 하얀 거품으로 넘실대고
달콤한 속삭임은 잔 속으로 녹아든다

은은하게 울려 퍼지는 영화음악이
갈색 톤의 찻집 벽면을 타고 노래 부를 때

우린 영화 속 주인공이 되어
뽀얀 담배 연기 속으로 숨어든다

어느 날―

우리 사랑 추억의 발길을 돌려
그 옛날 찻집에서
노래하던 영화음악과 함께

카푸치노의 진한 향기에 취해
가을과 함께 추억을 물들인다.

돌멩이

비 내리는 오늘도
그 자릴 지킨다
진국이다

가뭄 든 땡볕에도
눈 내리는 한파에도
든든한 세월 지킴이

발로 차고, 던지고
장식용으로 굴려도
화내지 않는 주춧돌로
그 자릴 지킨다
생명이 있다면 온전할 수 있을까

부처님 살아 계시면 이만할까
예수님 살아 계시면 이만할까

누구든 이처럼 무던할 수 있을까.

기다린 사랑

아름드리 사랑 만들어
한 조각 종이배 띄우고

멍울진 사랑 가슴
한 울음 울 제

핑크빛 눈물 한 조각
내 맘에 고이네

쓰디쓴 가슴앓이
먹물 되어 님 그리고
팽팽한 사랑 세월
빛 바랜 명주실 되어
애절한 피리소리로
사랑 노래 팅구네

마른 눈물 세월 흘러
잊혀진 추억 손님으로
님 남을 제

아―,
가녀린 사랑 손님
지친 종이배 타고
흰머리 안고 잠들고 왔어라.

홍시

탐스럽게 농익은
가을을 한 입 물었다

말랑말랑 달작지근한 가을이다
까치도 덩달아 한 입 거든다
일 년을 한 입 가득 먹은 거다

누가 이 계절을 홍시로 만들었나
외할머니 사랑만큼이나 풍만한 홍시

햇님도 달님도
홍시맛에 세월 가는 줄 모른다.

고향집

산기슭에 퍼질고 앉아
멀뚱멀뚱 서성이는
바알간 황혼

그 빛 좇아
달려드는 온 동네 분위기
굴뚝 연기 불사르는
화사한 기와지붕

골목길 접어들면
날 부르는 고향소리
툇마루에 걸터앉은
할머니의 중얼 노래

껌벅껌벅 졸리웁는
외양간 내음

그곳이 고향집
나의 어머니.

아침 이슬

한 잎 문 옥구슬처럼
땡그렁 영롱한 아침 이슬

잎새 위 내려앉은 천사가
해맑은 웃음으로 아침 단장 이루네

하얀 면사포에 노랑물 들인 예쁜 나비
두 줄기 실크—줄 쫑긋 팅기며
살포시 입맞춤하네

은은한 꽃향기 내음
아침 이슬 보듬어
예쁜 입술 만나면
사르르 눈 녹는 생명수라네

한 잎 문 옥구슬처럼
땡그렁 영롱한 아침 이슬
천사가 주고 간 선물이라네.

애기별꽃

맑은 영혼으로
하이얗게 핀 네 조각

진 선 미 그리고 백(白)

생긋 웃는 모습이
너무나 아름다워

눈방울 속에
감추고 싶어라.

바람난 우체부

날마다 기쁜 소식
바리바리 싣고

우리 집 문전에도
거침없이 오시더니

오늘은 웬일인지
그림자도 보이질 않네

아서라—

기다리던 우체부 아저씨
바람이 난 걸까?

여름이면 그때가 생각나

소쿠리에 덮여진
삼베 조각 걷어

마른 듯 마른 듯
보리밥 한술 퍼내어

두레박으로 길은
찬물에 밥을 말고

도톰한 풋고추 하나
된장에 푹— 찍어 한 입 물면

아— 여름이구나

그때가 생각나면
오늘도 배부르지요.

바다 사랑

바다야―
얼만큼 사랑할까?

바다야―
언제까지 사랑할까?

바다는―
끝없는 사랑.

백지 위에 쓴 편지

백지 위에 써 내려간 사연
끝이 없어라

다듬고 또 쓰고
미주알고주알 그렇게도 많더니

오늘 보았네―
아무리 보아도 보이질 않으니

눈으로, 가슴으로 쓴 편지
바로 사랑이었네.

아가야

보듬은 우리 아가
새록새록 잠든 모습

내 사랑 둥기둥기
어화둥둥 내 사랑

살포시 여민 얼굴에
생긋생긋 해맑은 눈동자

아가야—,

방긋 웃는 모습에
엄마가 좋아라.

백목련
―그리움

1

솜털 송송 망울망울
임 그리며 북으로만 내민 얼굴
망부석 될까 한이 되어
꽃 눈물로 켭켭이 이룬 사랑탑.

2

나 가버린 후 임 오면 어쩌나 두려워
임 함께 거닐던 꽃밭에 하얀빛 수놓아
낮이나 밤이나 당신 기다리니
하얀 눈물 흔적
언제쯤 당신이 알거나 .

아이구, 야 야—!!

슬픈 일, 기쁜 일 할매, 엄마 일성 고하는
마음의 소리

울 할매 버선발로 문지방 내리시어
두 손 마주치며 손주 맞는 소리
아이구, 야 야—!!

대문 여는 소리에 현관문 밀치고
손주 맞는 울엄마 소리
아이구, 야 야—!!

급전 받고 시골 내려가 동네 어귀 들어설 때
울엄마, 할매 가셨다 외치는 소리
아이구, 야 야—!!

아버지 가셨을 때 하늘 보며 외치는 울엄마 외마디
아이구, 야 야—!!

아이구, 야 야—!!
언제나 나와 함께한 소리
귓전에 맴도는 나만이 느끼는 소리

언제나 이 소린 고향의 소리
어머니 소리.

여보게

여보게—
세상 탓 말게나

어차피 세상은
폭설이 쏟아지기도
홍수와 한파가 오기도 한다네
가뭄에 단비가 오기도 하잖은가

내 한몸 추스려 굵은 땀방울 흘리면
이 세상에 온 보람을 느낄 수 있잖은가

내 탓 네 탓 부질없음이야
내일을 위해 오늘을 반성하며 살아 보세
금쪽 같은 시간은 지금도 흘러가잖은가

여보게—
그래도 세상은
살맛나잖은가
언제 굿판 한번 흐드러지게 벌려 보세.

그대 생각

애절히 부르다 잠이 든다
얼마만의 단잠이던가

어스름 새벽 그대가 또 내게로 온다
울면서 허공을 저으며 사랑한다 목 놓는다

피멍든 내 가슴 도려내도
그대 가슴은 한 되어
어디에서 지친 몸 망부석 되었을까

오늘은 소낙비로
내일은 눈으로

눈물 마르면 장대비로
장대비 그치면 폭설로

언제쯤 우리 사랑 지울 수 있을까
오늘도 그대가 다녀간다.

오늘이 좋아

어제도 오늘이 있었다

오늘도 오늘이 있고
내일도 오늘은 분명히 있다

그런데—

어제도 좋고
내일도 좋지만

왜 나는 오늘이 자꾸만 좋을까?

오늘이 좋아

수선화

어찌 그리 곱고 화사한지—

내면의 불타는 그리움의 나르시스가
그대 그리며 한없는 슬픔으로
고개 들지 못하고 또 다른 나를 보며

아린 가슴과 저미는 사랑을
아무도 모르는 아름다움으로 피웠네

슬픈 그리움의 아름다운 나르시스여
그대는 슬픈 사랑의 전도사

이제는 꽃다운 아름다움으로
보게 해 주오

아니
화사한 봄날을 노래 부르게 해 주오

나르시스여,
그대 이름은 슬픈 수선화.

그대는 알까나?

그대 그리워하는 마음 알까나?
그대 사랑하는 마음 알까나?

바람에 흔들리는 풀잎도
따스한 햇볕에 아지랑이 춤추는 것도
나의 사랑이라는 걸 알까나?

그대여―
비 오는 거리
나뭇잎에 흐르는 눈물도
한없는 그대 그리움이라는 걸 알까나?

그대여―
밤이나 낮이나
나지막이 들려오는 그대 목소린
나만의 환청일까나?

그대여—
폭염 속에 비틀거리는 갈증도
퍼붓는 소나기의 홍수도
나만이 인내하는 사랑이라는 걸 알까나?

그대여—
그리움이란
사랑이란
아스라이 멀어지는 신기루처럼
내 가슴 도려내는 아픔이라는 걸

그대는 알까나?

꽃 마중

여기저기 터지는 소리
피멍인지 꽃멍인지
내 맘마저 몽롱하다

현란한 꽃 잔치에
눈마저 멀미이니
괜한 투정
조물주만 원망한다

꽃 터지는 이 봄
세파에 찌든 몸 추스러
아직 떨어지지 않는 봄과 함께
꽃 마중 가야겠다

숨어버린 맘
잃어버린 언어 찾으러
꽃밭에 가야겠다.

바보 사랑

참 듣기 좋은 말이다

천둥 치는 비 구름 아니어도
오작교 넘나드는 애절함이 아니어도

된장국에 풋고추
깻잎 상추에 삼겹살 얹어
마늘 한 잎 입에 넣는
풋풋하고 미지근한 사랑이어도
난 그게 좋더라

오늘도 그러하듯
내일도 그저 아침을 맞는
바보 같은 우리들의 사랑
난 그게 좋더라

난 그게 좋더라.

그대 그리운 날에는

그대 그리운 날에는
비가 될래요

하염없이 눈물 뿌려
그대 맘 담아
강을 이룰래요

그대 그리운 날에는
바람이 될래요

산바람 강바람도 좋지만
열꽃 핀 그대 맘 식혀주는
달콤한 내 바람 될래요

그대 그리운 날에는
꽃이 될래요

흰 꽃 노란 꽃과 함께
아름다운 사랑 만든
예쁜 장미 될래요

그대 그리운 날에는
새가 될래요

하얀 비둘기로 훨―훨 날아
그대 맘 신고서
창공 속에 살래요

그대 그리운 날에는
그대 그리운 날에는…….

내 고향 김천

삼보산 휘감아 도는 기운은
삼산 이수의 옥토 김천 땅을 만들고

앞으로 금오산
뒤로는 황악산이
병풍처럼 둘러서 포근한 정기 뿜으니

세세에 걸쳐 문무예의 걸출한 걸인들이
끊이질 않는구나

예로부터 산수가 정갈하면
기름진 옥토에 먹거리가 풍부하고

명산의 정기가 활활 타오르면
난세에 명사가 줄을 선다 했으니

내 고향 김천 땅은
삼산 이수가 빚은 옥토이며
명당 중의 명당이로다.

가을 부신(符信)
─찰떡 궁합

넘 덥지도
넘 춥지도 않는
낭랑한 하늘빛

괜시리 맘 흔들어
사색을 불러오는 너

언제부터 찾는 줄 알았니?
한 해 한 번만 와야 하는 거니?

지난번엔 많은 눈물 뿌려
가슴속 감춰놓은 부신
내어놓질 못했어

드높은 하늘
오곡백과와 함께
오래도록 함께 하자꾸나

자―
맞춰 봐―
부신을―

가을을 머물게 해 주오

사랑을 그리는 가을은 수채화다
누구를 만날까 누구를 그릴까
두근거리는 캔버스를 노랗게 물들이는 화가가 된다

사색을 즐기는 가을은 풍요로움이다
사랑의 바이런, 그리움의 워즈워스를 만나고
자신을 캐묻는 소크라테스가 된다

추억을 펼치는 가을은 넉넉함이다
만남과 이별의 흔적을 달래고
기쁨과 슬픔을 되새김하는 성숙한 자아를 만든다

그리움을 만나는 가을은 새침데기다
대상이 있으나 없으나 실룩대는 가슴으로
해질녘 낙엽과 함께 가슴을 물들인다.

꽃무릇 잔치

야트막한 산자락에
흐벅지게 누가 뿌렸나
널브러져 있는 꽃무릇*
산불인가 꽃불인가

초행길에 갑자기 만난 꽃사태
어안 벙벙 정신 차리니
산도 들도 하늘도
붉게 붉게 타오른다

비단길인지 극락실인지
꿈인지 생시인지

천사들 소풍 나들인가
꽃불 잔치 벌이는가

고즈넉한 산길
불어오는 갈바람에
불난 내 가슴 추스려 본다.

* 꽃무릇 : 볕든 들판이 아닌 참식나무 단풍나무 그늘에 숨어
100~200평씩 무리지어 핀다고 하여 붙여진 이름. 석산(石蒜)이라고도
부르는데 돌틈에서 나오는 마늘 모양의 뿌리라는 뜻.

가을 살 수 없나요

이번엔 꼭 이쁜 가을
사렵니다

작년 이맘때 풍요로움과
아름다움이 그저 절정이었지요

해마다 오는 게
넘치지도 부족하지도 않는 게
그저 그만이었지요

꼭 보듬어 햇살 드는 창가 서랍 속에
가지런히 놓아둘래요

힘들 때나 슬플 때나 몰래 꺼내
가을 속으로 숨어도 볼래요

노랑 빨강 가을 손님과
입맞춤도 할래요

여보세요―
이번엔 꼭 이쁜 가을을
사고 싶어요.

목화꽃 그대

솜털 송송
사랑은 그렇게 부풀어지나 보다

어느 날 소리 없이 온 그대가
내 맘 한켠 자리 잡는다

모른 척 밀쳐내도
내 맘은 자꾸만 그대를
안으로 안으로 품는다

부풀어지는 사랑
그리워지는 사랑
보고파지는 사랑

백열등 아래에서 비춰진 그림자처럼
그리움은 커지고
뽀시시한 사랑은
솜꽃처럼 포근하다

식사를 걸러도
백리를 걸어도
찬바람이 불어도
포근한 사랑은 언제나 온실이다

첫 사랑―
한바탕 열병 치르고 난 후
가슴속에 남는 건
까만 사랑의 씨앗 몇 개.

울컥

카푸치노의 진한 커피향을 만나면
난 울컥 너의 체온이 담긴 이름을
부르고 싶다

소슬바람 살래살래 손을 흔들면
난 울컥 너와 함께 강변을
거닐고 싶다

노랗게 물든 낙엽이 공원을 뒹굴면
난 울컥 너의 미소 띤 얼굴 그리며
울고 싶다

드높은 하늘 새털구름 날면
난 울컥 너의 그림자 찾으러
떠나고 싶다.

철쭉

내 가슴에
조용히 내려앉은
연분홍빛 두근거림

온 산과 들에
붉게 물들인
내 청춘

아뿔싸!
들켜버린 내 마음이여.

꿈 이야기

기억 저편 남겨둔 불씨 하나
새록새록 돋아난 오후

흐트러진 날씨 부여잡고
갈색 커피 잔 나누며
창문 밖 추억을 불러 본다

밤나무골 바위 틈새 앉아
손꼽아 꿈꾸던 희망 꽃 한 줄기

서울 가 출세한다던
빡빡머리 꼬맹이는

옹골차게 다짐하며
하 세월 밤새도록 연필 돌렸네

주마등처럼 흘러간
세월 그리며
이제야 그 자릴 앉아
네 잎 클로버 찾는다

희끗 바랜 모습
거울 속 비추며

주름진 눈가 훔치고서
목청껏 한자락 갈긴다

그래도
난 출세한 놈이다

어느새 감나무 걸터앉은 스피커
하마 같은 큰 입 벌려
고추 친구 찾느라 부산떤다.

아픈 마음

큰 그림자가 누워 있다
몹시 힘들어한다

늘 함께한 그림자가
외다리로 지쳐 있다

애쓰고 있지만—
하던 일 쉬운 줄 알았다면
반이라도 아쉬움만 남는다

그림자의 포근함을
그림자의 만족함을

생채기가 돋고서야
큰 집인 줄 알았다

오늘도 함께할 그림자로 애쓰련만
텅빈 내 가슴
아픔으로 쓰라린다.

자화상

너—

이쁘게 아릅답게

그리 이쁘게
그리 탐스럽게
맛깔난 추억이 물든다

시간 속에 나를 태워
희로애락 재잘대며
미운 정 고운 정 나누며 지내며

그리 이쁘게
그리 탐스럽게
일곱 빛깔 화선지에 옮기고 또 그리고
물감으로 표현 못한 그리움을
가슴으로 채우며 채우며

그리 이쁘게
그리 탐스럽게
콧노래 흥얼흥얼
두 어깨 들썩들썩
얼굴 가득 미소가 번지르르

그려도
퍼내도
마르지 않는 추억 속 그리운 그림자

그리 이쁘게
그리 아름답게
그렇게 세상을
그리고 또 만들고 싶다.

보고파요

파도가 울음 운다

너울 만큼 그리움이
쌓여만 간다

보고파 소리칠수록
포말로 부서진다.

못잊어

잊는다는 건
잊혀진다는 건
세월뿐이지
내 마음이 아니라는 겁니다

잊는다는 건
잊혀진다는 건
환상뿐이지
내 가슴이 아니라는 겁니다

잊는다는 건
잊혀진다는 건
그림자뿐이지
내 영혼이 아니라는 겁니다

그대여!

가자
—광복 60주년 기념에 즈음하여

가자 한다
그래,
가야만 한다
저 동산 위 우리들의 낙원으로

칠흑 같은 어둠 사이로
닫혀 있는 마음의 벽 허물고
추위와 허기진 세상의 문을 열고 함께

인종의 벽이 무거운지
마음의 벽이 높은지

달리자
달려가자

그리하여
우리가 가자 한 그곳
더불어 손잡고 가야 할 그곳

가는 이 따로 없는
그곳으로
누구나 누려야 할
행복,
기쁨,
환희,

가자
함께 숨쉬자.

이별이 슬픈 이유

이별이 슬픈 이유는
더 이상 그대를
마주하지 못하고
멍든 가슴으로
그대를 품어야 한다는 것입니다

이별이 슬픈 이유는
지내온 수많은 흔적들이
한순간 무너져 내려
가슴으로만
되새김질해야 한다는 것입니다

이별이 슬픈 이유는
그대와 나
영원히 하나 되어
변치 않는 사랑 탑 만들자고
맹세했건만
이젠 빈 그림자로 남아
그대를 회상해야 한다는 것입니다

이별이 슬픈 이유는
기쁨, 슬픔, 즐거움
이제는 모두가
머나먼 추억의 발길로 젖어들어
드라마처럼
허상의 그림자로 남아
모락모락 피어난다는 것입니다

이별이 슬픈 이유는
이별이 슬픈 이유는
잊어야 할 모든 것들이
그대로 인해
잊혀지지 않는다는 것입니다.

친구 소식

지나는 길
우체통 보며
발걸음 멈춘다
괜한 궁금증
우체통에게 물어본다

항상 잘 있겠지
문득문득
네 모습 궁금해진다

오늘은
기필코 편지를 보내리라
마음 가득 담아
깨알 같은 글씨로
안부 전한다

추울 땐 감기 걸리지 않았는지
더울 땐 더위 먹지 않았는지
막걸리에 김치 한 조각
여전히 좋아하는지

좋은 세월이라
이―메일 있지만
기다리는 소식은
설레는 마음 함께
까치 우는 날
우체부 아저씨 건네주는
편지가 제일이라
오늘도 기다려 본다.

사랑은 고칠 수 없나요?

첨 만난 날 느낌이 왔지요
수없는 만남으로 서로를 알고
사랑을 만들었지요
난 당신을
당신은 나를
누가 먼저랄 것 없이
좋은 날들이었지요

어느 날부터인지
어색한 느낌
자리 잡아 가고 있었지요
때론 서운함
때론 얄미움
어떨 땐 아픔

깊은 병 오기 전
둘러보았지요
첨 만난 날 느낌 펼쳐보았지요
고집만

자존심만 앞세운 채
혼자만의 승리자 되길
바란 게 아닌지요

힘들고
어색하고
불편하지만
사랑이란 이름 앞세워
사랑하는 사람 편에
나를 비춰보면
허구와 망상과 아집과
자기만의 합리화로
똘똘 뭉친 모순 덩어리
놓기 어려웠던 거지요

사랑은 고칠 수 없나요?
자신을 버리면
또 다른 나와 당신을 구하는
일거양득인 것을

사랑은

사랑이

고치는 묘법이겠지요.

사랑 싸움

비가 오면
물 받이 때문에 싸운다

눈이 오면
눈 치우는 일 때문에 싸운다

바람 불면
햇볕에 말리는 곡식 때문에 싸운다

나는 안다
사랑한다는 걸
사랑은 하나라는 걸

아웅다웅
그렇게 한세상
살아가는 게 사랑 아닌가

그래도 나는
너를 사랑하니까 좋다.

내게 찾아온 당신

어느 날
불쑥 나에게로 온 당신

그날 이후
나의 계절은
항상 봄이랍니다

때론 비가 오기도
눈이 오기도 하지만

봄에만 느낄 수 있는
맛배기랍니다

당신 사랑으로
이젠 나의 뒤란에도
몽실몽실
아지랑이가 놀고 있지요

아시나요
바보 같은 내 마음을

어느 날
불쑥 나에게로 온 당신
그대도 좋은가요?

맑고 깨끗한
내 마음
그대에게 드릴
선물이랍니다.

화성(華城)
―사도세자를 기리며

불러 봅니다
불러 봅니다
슬픈 내 아버지
사도세자여!

피우지 못한 꿈
호령하지 못한 제국의 길

당신 영토 만들어 바치오니
천년만년 자손 만대
못다한 꿈 펼치시어
길이길이
제국의 길 여소서

그대여―
사도세자여―

꽃다지

작다고 너무 탓하지 마오
붉게 핀 장미만 꽃인가요

뽀송뽀송한
털 목도리 두르고
봄 오는 길목에서
앙증맞게 웃는
해맑은 어린아이처럼
노랗게 물든 천사

이래뵈도
귀족의 후예랍니다.

그대 섬에 가고 싶다

그대 섬에 가고 싶다

언제부터인지
돌아오지 않는 곳으로
가버린 그대가 그립다

조각배 타고 갈 수만 있다면
꽃 구름 타고 갈 수만 있다면
어느 곳엔가 그대가 있기만 하다면

비 오는 창가
흩어지는 빗방울 소리는
그대 웃음 띤 미소로 그리워지고

달 뜨는 저녁이면
오붓하게 둘러앉아
소곤소곤 이야기하던
그대 모습으로 그리워진다

바람 타고 오실려나
음메 우는
달구지로 오실려나

대청마루 오가는
발자국 소리에
오늘도 괜한 눈물
옷섶을 적신다

기다려도
그대 오지 않으니
난
그대 섬에 가고 싶다

외로이 지샐
그대 섬에 가고 싶다.

6월의 수덕 여관

고개 넘듯 언덕길 오르며
숨 고르듯 구름다리 건너니
빛 바랜 연서가 날 보잔다

흔적 따라 문턱 넘고 보니
나혜석은 오간 데 없고
허드러진 들풀과 명아주만이
아픈 세월 불러 청려장을
선물하잔다

허리 굽은 세상 인심
청려장에 의지한 채
뒤뜰 돌아 우물 한 모금 쳐다보니
가지런히 누워 있는
암각화가 쉼을 달래준다

대나무 장막 사이로
일엽 스님 거처를 보니
청악*에게 전해 들은

일당* 스님 생각에

가슴 아려오며

눈 시울이 붉어진다

구름다리 옆 배롱나무만이

흘러간 님을 그리워하고

이끼 낀 수덕 여관엔

쓸쓸함이 친구하잔다.

* 청악 : 서예가(이홍화).
* 일당 스님 : 일엽 스님의 아들이며 동양화가.

들꽃이고 싶다

난 들꽃이고 싶다

아름다운 산천
어디서든 피고 지는
들꽃이고 싶다

있는 듯 없는 듯
바람과 친구하고
소낙비와 어울리며
산천의 한 모퉁이에 서 있는
그런 꽃이고 싶다

자연 순리에 순응하며
자연을 먹고 사는
들꽃이고 싶다

더불어
지나는 객들의

때 묻은 가슴에
순수를 보탤 수 있는
그런 들꽃이고 싶다.

친구야

그래
왔다 가니 좋으니?

마음에 진 빚 갚은 양
바람처럼 왔다 가는
네 모습 야속도 하구나

그래
왔다 가서 좋았니?

선걸음보다
마음 내려놓고
저녁상 나누며
달과 함께
별과 함께
밤새워 노닐다
아침에 된장국 끓여
해장술 나누면
얼마나 좋겠니

그래
내일은
우리 함께
막걸리 벗 삼아
이런 일 저런 일
알콩달콩
이야기꽃 피우세.

보고 싶습니다

그땐 몰랐습니다
아니 가끔은
생각이 났습니다

세월 흘러
어른이라는 세상에
들어와 보니
때론 힘들고
어떨 땐 벅차기도 했습니다

인생사 살아가며
누구나 겪는 일상이지만,
아래로 아우들 있다지만
때론 깊은 생각에
혼자 감내하며
문답을 내릴 때가 있습니다

고민하는 시간에
흔쾌한 해답을 받는다면

난 다른 고민 하나 더
할 수 있었지요
오답일지라도
그런 답 한 번쯤
받고 싶었습니다

보고 싶습니다
당신이 보고 싶습니다

이제껏
앞만 보고 달렸습니다
참으로 빠른 세월입니다

당신 자식은
당신 가실 때 그 나이 들었고
제 자식은
당신 가실 때 제 나이 들었습니다

차곡차곡

순서대로 바뀌고 쌓이는 게
세상 순리라지만
그땐 철이 없어 몰랐는데
왜 그리 당신이 보고 싶은지요

자꾸만 보고 싶습니다.

억새

설거럭
설거럭

오늘도
님 생각에
밤낮없이
온몸을 떱니다

꼿꼿이 서 있으면
그대 날 찾지 못할까
잔바람에도
소리 내어 부대끼며
그대를 불러 봅니다

설거럭
설거럭.

가을 노래

노크해 주세요

죽도록 푸르른 날
그대 가슴에 묻혀
온종일 울어 보겠어요

불러주세요

죽도록 푸르른 날
눈이 시리도록
그대 가슴 한켠에
낙엽이 물들면
온종일 노래를 부르겠어요

바람 따라 오세요
구름 따라 오세요

산들산들
그대 목소리 찾아

너울너울
춤을 추겠어요

가을엔 그림을 그리겠어요
죽도록 사랑한다 고백도 하겠어요
그리움에 사무친다 외쳐도 보겠어요

가을엔,
이 가을엔.

갈대

그래도
하얗게 분 바르고
머리엔 화관을 둘렀다

나에겐
첫 사랑이니까

세월은 흘렀것만
탱탱하던 시절엔
견딜 만했다

이제나 오시려나
가슴 태우더니
몸마저 그대 그리움으로
등신불 되어

그대 오는 길목에
하이얀 모습

화장하고서
살짝꿍 살짝꿍
춤사위로 나부낀다.

동안리

음력 10월 13일―
히끗히끗
눈발이 바람에 실려 춤을 춘다

어릴 적 어른 팔에 달려와
묘사 잔치에 넋 놓던 오지 마을
중산면 동안리 전씨 집성촌

어른 되어 다시 찾아 기억 더듬으니
옛 터는 간데없고 몇 안 되는
제주만 남아 조상님께 큰절 올린다

양지바른 산언저리
세로로 가지런히 네 분 누워 계시며
이제야 오느냐고 반가이 맞으시고
꾸중도 하신다

도회지 살림살이 제 갈길 바쁜지
연중 한 번 오는 발길도 녹이 슬었다

마른 잔디 내음 맡으며
돌아오는 발걸음
추를 매단 듯 무겁기만 하고
허한 마음 찬바람과 함께
동안리를 맴돈다.

강가에서

적막한 강가,

홀로 누운 조각배
못다한 이야길 풀어놓고
소낙비 오듯 눈물 튀기며
저 홀로
유유히 뱃사공 되어
강물을 탄다

선착장에 묻은
빛 바랜 옛 이야기
그 옛날 시골집 기둥처럼
허리가 휘어지고
노 젓는 물길에 술렁이며
솔솔 되새김질 되어
세월 속 향기로 풍겨 나온다

솔가지에 부는 바람
스러져 간 초가지붕 뒤척이니

딱딱하게 굳은 시집살이 사연들
구구절절 날개 달 듯 날아오르고
혼자 주저리주저리
불경 외듯 속삭이다
하루 해를 보내는
외로운 촌로

도란도란
이야기 상대 없어
수많은 세월
어찌 살았을까

밥 짓는 아궁이 속
장작 가락에
한 많은 세월을
무수히 태웠으리라.

이런 세일

"1차 폭탄 세일"
화들짝 놀랐지만
의미 있는 행사다

파랑, 빨강의 고딕체가
시선을 끌고
세일 품목은 더 압권이다

"자살, 성매매,
국회의사당, 양극화,
실업, 불황,
고령화, 대선 등"

또 있다
2차 번개 세일은
접수되는 대로
선착순 실시 예정이란다

재미있는 것은
광고 하단의
작은 글씨였다

"수거 후 불태웁니다."

감자탕

부글부글
된장찌개 울고 가는 오늘은
끈끈한 정이 넘쳐나는
맛있는 저녁이다

8년 만에 일본서 온 동생은
걸쭉한 감자탕보다
피붙이 정이
더 그리웠을 게다

파삭 익은 감자랑
도톰하게 살 붙은
뼈다귀 한 잎 물고
어릴 적 고향을
부지런히 되새김한다

딸려온 "소타"와 "미키"도
덩달아 아빠의 고향을 더듬는다

너무나 한국적인 맛
너무나 가슴 뜨거운 정

소주잔에 담긴
애틋한 담소는
구수한 감자탕에 녹아들고

가로등 불빛에 비친
달콤한 봄비는
밤 깊은 소주잔에 넘쳐나며
하나 둘 현해탄을 메워간다

참 맛나는 저녁이다
참 정 깊은 감자탕이다.

석류

무슨 사연 그리 많은지

수많은 날들
애틋한 그리움으로
부글부글
속앓이하더니

이제야
멍울진 사연
한 올 한 올 풀어낸다

진주보다 빛나고
옥보다 더 아름다워
눈 뜨고 볼 수 없고
귀 열고 들을 수 없으니

아,
오매불망
뜨거운 가슴
열어젖힌다.

영희의 봄

해 저무는 들녘
논 바닥 걸터앉아
깍지 끼고 약속한 말

"니캉 내캉 꽃 주우러 갈래"

코쟁이 시절 뒤로 한 채
어언 40년

영희야
다시 만나
니캉 내캉 꽃 주우러 가자.

노실고개

가난이 춤추고
애환이 노래하던 한숨 고개

막걸리 몇 잔에
마부와 당나귀 수레
힘없이 귀가하는 저녁이면

이 굴뚝 저 굴뚝
한숨 내뿜는 소리
허기진 삶은 그래도
저녁을 재촉한다

고개 다다르면
축 늘어진 판잣집 사이로
삼삼오오 웃음꽃 마중 나오고
설익은 삶 속에
까칠한 보리밥 한술이면
편안한 하루가 잠든다

노실고개 오르면
고만고만 인생살이
다 모여 있고

노실고개 오르면
퍼내도 퍼내도
마르지 않는
살 냄새 부대끼는
정이 있다.

그 바다

그때 그 바다
거기에 있을까

모래 성 쌓은 이야기
밤새워 재잘댄 이야기
그 바다는 기억할까?

별들이 가져간 이야기
밤바다가 삼킨 추억
그 바다는 애틋하게 그려줄까?

사랑에 들킨 등대
수줍어 말 못하던 포구
그 바다는 그날 밤을 알고 있을까?

오늘도
그 바다는
그때를 되새김하며
수많은 모래성에

몇 개의 불을 밝히고 있는지

그 바다에
가고 싶다.

마음에 꽃물 들었어요

꽃 바라기 춤추는 해안길 따라
살짝꿍 살짝꿍
어깨선 들썩이니
두근대던 내 마음
꽃물이 들어요

바람결에 손 내미는
그대 음성 들으니
노랗게 물든
내 마음도 함께
모시처럼 나풀거려요

그대와 함께
수놓은 비단길
벌꿀처럼 달콤한 이 순간
꽃 바람에 실려
두둥실 하늘을 날으니

내 가슴에 지지 않을
분홍빛 꽃물이
살포시 들었어요.

그때

워이
워이

아무리 애써
설레발쳐도

아서라

코 꿴 황소도
제 소리 토하며
제 갈길 갈 때 있더라.

무소식

무조건 너무합니다
차라리 모른다고 하십시요

앞으로 더욱 모르고
살겠다고 하십시요

그러면 차라리
나도 그리하리다.

그대에게로

가리라
나
그대에게 가리라

그리움 사무치면
비바람 몰아치고
어두움 밀려와도
내 마음 그리움 실어
등불 밝혀 가리라

가리라
나
그대에게 가리라

그리움 손짓 하면
길 없는 길
험난한 파도 밀려와도
내 마음 그리움 담아
횃불 밝혀 가리라

그대 어디 계시는가
그대 알지 못하여도
그리움이 가라해
나
그대에게 가려오.

신갈 오거리에서

한 걸음에 사랑 찾아
서울 땅 밟으려는데
사랑은 그리움을
아는지 모르는지

머나먼 길 힘든 길
달려왔건만
사랑은 이리도
애를 태우는가

오색등 불 밝히듯
그리움은 이토록
애간장을 녹이는데

사랑 소식은
신갈 오거리에서
오리무중이네.

그대가 꽃을 피우면

노란 꽃대가 밀려오는 건
이젠 참을 수 없는
그대의 뜨거운 열꽃이거늘

내 마음은 아직도
주저리주저리
방황하고 떨리기만 하는지

그대가 토하는
바알간 가슴은
그대만 달군
용광로이겠는가

따스한 온기 거들어
꽃 피우기엔
너무나 원망스러워
불꽃이라도 날려줬으면

이제 그대가 피우는 꽃은
시작에 불과한 것을.

그림자

내가 서 있네
또 다른 내가 서 있네

적막한 산자락에
그리움 걸리면
어느새 달려와
내 곁에 서 있네

무뚝뚝하지만
말 없지만
언제나 소리 없이
내 곁에 있네

그대여,
소리 질러 봐
울부짖어 봐
그리우면 달려가 봐

앞서거니 뒤서거니
서성이지 말고
먼저 뛰어가 봐

가슴에만 품지 말고
뒤돌아서 울지 말고
먼저 안겨 봐

그대여,
미치도록 그리운 님이여.

밀양 소곡(小曲)

그대, 밀양은 잘 다녀왔는가
조금은 때이른 무더위에 지치진 않았는가
산야의 푸르름이 오가는 발걸음 잡진 않았는가

그대, 밀양은 잘 다녀왔는가
뜨거운 햇살이 사랑 만큼이나 달콤하진 않던가
매끄러운 아스팔트가 비포장 흙길보다 불편하진 않던가

그대, 밀양은 잘 다녀왔는가
멀리 있어도 지척에 있는 듯
몽실몽실 그리움 솟을 땐
막걸리 벗 삼아 이야기 보따리 풀며
하루해 붙잡고 아리랑을 부르고 싶소

그대, 밀양은 잘 다녀왔는가
가지산 넘나드는 길목마다 그리움이 부르진 않던가
꼬불꼬불 배내길 헤쳐 갈 땐
지난 인생길 생각나지 않던가

그대, 밀양은 잘 다녀왔는가!

노심초사

심연(深淵) 속 꽃 노다지
무슨 꽃으로 어떤 작품 만들지
그나마 글쟁이라
조금은 알지만

캐고 또 캐어
공판장 내다놓으면

맛있다 이쁘다 신선하다
구름 같이 몰려와야 할 텐데

고민 또 고민
그것이 문제로다

시작(詩作)이 시작(始作)으로
끝날 것인가
두고 두고 회자될 것인가

고민 또 고민
그것이 걱정이다.

자기(瓷器)야

1300도!
신이 빚은 요술 상자
아름다운 그대
바로 당신일거다

태우고 데우고 굽어
대물로 환생한 건
인력으로 못할 일

자기야,
당신이 부럽다
무슨 비법 있음 일러주렴

토굴 같은 무덤 속
신비스런 유토피아 있더냐
마술 같은 명약 있더냐

신만이 아는 오묘한 진리

자기야,
난 당신이 부럽더라.

소리나무

은빛 나무 곧추세워
비색 향연으로 천년 혼 일깨우는
도자(陶瓷)의 수호신

설봉산 기운 쫓아
팔색조로 변신하는
신기한 요술 나무

어제도 오늘도
옥구슬 구르듯
영롱한 2007개 풍경 소리는
무뚝뚝한 설봉호수 인어 아가씨
노란 가슴 물들이고
잠자던 천년 도자 혼
천상으로 초대하는 일주문(一柱門)이다

소리나무 그대는
지나간 천년을 가슴에 품고
다가올 천년을 찬란히 빛낼
영험한 도자의 수호신.

어떤 가을을 드시겠어요?

어떤 색깔의 가을을 드시겠어요?

연둣빛 상큼한 모과
노오란 비타민의 유자
노을빛 가득 담은 사과
사랑에 빠진 바알간 가슴의 산수유

어떤 가을을 드시겠어요?

두근거리고 설레는 행복함
참을 수 없고

어느 곳에 시선 둘지
어떤 가을을 먹을지
고민도 되지만

눈으로 가슴으로 입으로
먹고 또 먹고
채우고 또 채워도

자꾸만 허기진 마음
어찌할 수 없네요

내일은 또 어떤 가을을 먹을까
이런 고민 저런 고민
행복감에 겨워 어찌할 수 없어요

당신은 어떤 가을을 드시겠어요?

세월

어제도 가고
오늘도 가고
또 하루가 가는구나

내일이면
어제 같이
오늘도 가겠지

빠른 세월
잡을 순 없지만

오는 시간
어제 같이 보낼 순 없잖아

내일은 후회 없이 미련 없이
알토란 같은 열매를 만들어가야지

세월 타고 장인처럼
행복한 조각품 만들어야지.

별과 꽃

그대는 나를 별이라 하더니
꽃이라 한다

하늘 별은 그리움과 사랑이
올라가 핀 꽃이요

땅에 핀 꽃은
눈물과 애절함이 환생한
영롱한 별이다

오늘도 그대는 나를
별이라 하더니
꽃이라 부른다.

그녀 이름은 모른다

참 곱다
어쩜 그리 이쁠까

포근히 안겨올 듯
홍조 띤 얼굴에
분홍빛 모자까지
넘 아름답고 우아하다

뭇 사내들
가만두지 않을 듯
겁이 난다

이리 봐도
저리 봐도 군계일학
낭창낭창 흔들림에
모두들 쓰러진다

향기는 어떨까
언제쯤 만개할까

항상 청춘일까
어디서 왔을까

오호라,
그녀 이름은 모른다.

사랑하면 섬으로 가자

실 바람 타고
작은 섬으로 가

바알간 일출 붙잡고
내 가슴 달구면

선홍빛 사연 속으로
그녀 들어와

붉은 입맞춤으로
열창한다

싸한 갯내음
짭조름한 바닷가

갈매기
횡설수설 몸짓하면

부끄러운 노을
구름 속으로 숨는
사랑이 숨쉬는 작은 섬
그곳으로 가자.

아내 생일

1
51번째 아내 생일
너무나 무심해
그 흔한 장미 꽃다발
준비도 못했다

이십하고도 삼 년째
단 하루도 비우지 않고
매일 같이 밥상을 나눈 아내
오늘은 마음속으로 51번
사랑한다 고맙다 외쳤다

잘되면 풍족하면
별도 달도 딸 텐데
될 듯 될 듯
마음만 앞서는
무심하고 야속한 사람
항상 미완성이다.

2
부족해도 소박해도
행동으로 앞서야 할 텐데
보석 같은 큰 그림자
일 년 한 번 맞는 큰잔치
해도 너무한 야속한 사람
무정한 인사

업어주고 안아주고
파뿌리 되어도
항상 고마운 내 사랑

내년엔 바알간 장미꽃
한아름 묶어
고맙다 사랑한다
말하리라.

순대국

오늘따라
하늘 구멍이 큰가 보다
억수 같이 퍼붓는 빗줄기가
욕쟁이 할머니 내뱉는
걸쭉한 입담 만큼이나
시원하다

순대랑 곱창
고춧가루, 들깻가루 어우러져
매운 욕쟁이 할머니
손맛 만큼이나 푸짐하다

캬아~
목구멍 타고 내려가는
소주 한 모금은
혼탁한 세상
묵은 때 씻어내듯
온몸이 짜릿하다

시원하고 칼칼한
순대국 한 숟갈
로미오와 줄리엣
사랑 이야기도
이보단 맛없을 거다.

눈 오는 날의 소묘
―숨바꼭질

펑펑 눈 내리는 날
누가 술래인지
도대체 모르겠다

나무 밑 철이는
헛디딘 발로
나뭇가지 두드리니
어이쿠 봉분 하나 만들어
분칠인지 눈칠인지
하얀 범벅으로 새 옷 입는다

꼭꼭 숨어라
꽁지 보일라

어슴푸레 어둠 데려와
숨바꼭질 논다

답답한 햇빛
재채기로 허우적대고

바람까지 몰고와
아수라장이다

이틀째 내리는 눈
곳간 쌓인 양식처럼
차곡차곡 발 디딜 틈 없다

술래 보던 영이도
눈 속으로 숨었다

눈 오는 날
누가 술래인지
모두가 목소리 높여
이놈 저놈 찾느라
하루해 허기져 온다.